RATUS POCHE

COLLECTION DIRIGÉE PAR JEANINE ET JEAN GUION

Mais où est Ralette ?

Ralette, drôle de chipie

- Ralette au feu d'artifice
- Ralette fait des crêpes
- Ralette fait du camping
- Ralette fait du judo
- La cachette de Ralette
- Une surprise pour Ralette
- Le poney de Ralette
- Ralette, reine du carnaval
- Ralette n'a peur de rien
- Mais où est Ralette ?
- Ralette et les tableaux rigolos
- Ralette au bord de la mer
- Ralette et l'os de dinosaure

© Hatier Paris 2003, ISSN 1259 4652, ISBN 2-218 74378-7

Mais où est Ralette ?

Une histoire de Jeanine et Jean Guion
illustrée par Luiz Catani

HATIER

Albert le boucher

Les personnages de l’histoire

Ce matin-là, tout est calme sur la place du village. Fernand lit son journal déplié sur le comptoir. Albert, le boucher, [1] installe sa viande dans la vitrine. C'est alors qu'on voit Lili sortir de sa boutique. La fouine lève le nez vers les volets de Ralette et part en courant. Elle arrive tout essoufflée chez Raldo. Il est en train [2] de faire sa gymnastique matinale. [3]

– Que se passe-t-il ? demande le rat en posant ses haltères. [4]

Qui a disparu ?

– C'est affreux, répond Lili en reprenant son souffle. Ralette a disparu. Ses volets sont fermés depuis huit jours.

La fouine semble très inquiète.

– En ce moment, Ralette est peut-être congelée !

Raldo en reste bouche bée. Lili continue son idée :

– Je parie que c'est Albert qui l'a enlevée. On dit que le boucher a une chambre froide où il enferme les gens qu'il n'aime pas. Et la semaine dernière, Ralette lui a dit que sa viande était plus dure que sa tête !

Qu'est-ce qu'on raconte au village ?
ALBERT A MIS LE CHAUFFAGE DANS SA CHAMBRE..
MAIS CE N'EST PLUS UNE CHAMBRE FROIDE!
5
4
ALBERT VEND UNE ESPÈCE D'ORGE...
CURIEUX, POUR UN BOUCHER!
ON M'A DIT QU'ALBERT EST UN O
PENSEZ, IL ENFERME LES ENFANTS DANS SA CHAMBRE FROIDE!

Au village, tout le monde raconte qu'Albert est une espèce d'ogre.

– Albert est un monstre, gronde Raldo en montrant le poing. Le boulanger n'a pas pu manger sa viande hier tellement elle était dure. C'était peut-être un bifteck de Ralette !

À ces mots terribles, Lili se met à trembler.

– Il faut faire quelque chose, sinon on va tous finir dans sa chambre froide !

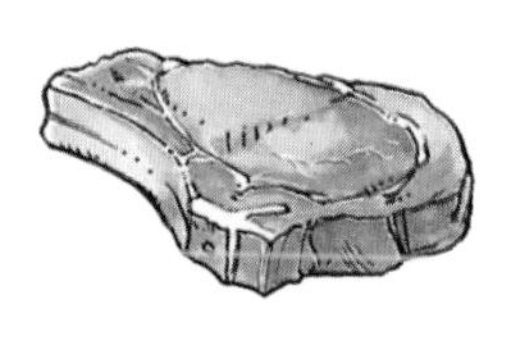

Où est Albert ?

7

8

9

10

Tous les rats se sont réunis derrière Raldo. Ils se dirigent vers la boucherie en criant :

– À bas Albert ! Albert en prison !

En entendant ce vacarme, le boucher sort [8] sur le seuil de son magasin. Il regarde [9] venir les criards. Il est grand, il est gros, il est fort. Son tablier blanc a des taches rouges. Il tient un long couteau très aiguisé de la main droite, un morceau de viande de la main gauche.

Qu'est-ce que Raldo dit aux gendarmes

Les gendarmes arrivent, attirés par le bruit.

– Allez jouer ailleurs ! crient-ils.

– Rendez-nous Ralette ! crient les rats.

– Vous réclamez Ralette ? demande le brigadier, très étonné. D'habitude, vous vous disputez toujours avec elle…

– Ralette a disparu, explique Raldo. Albert l'a enfermée dans sa chambre froide et il va la découper en morceaux. Regardez ! C'est peut-être un morceau de Ralette, crie Raldo en montrant le bifteck dans la main du boucher.

Qui interroge le boucher, dans l'histoire ?

– Qu’est-ce que c’est que cette histoire ? demande le brigadier en fronçant les 12 sourcils.

Raldo lui explique que le boulanger n’a pas pu manger son bifteck tellement il était dur. Et le rat conclut :

– Pour qu’un bifteck soit aussi dur, c’est sûrement un morceau de Ralette.

Les gendarmes s’approchent du boucher, le regard soupçonneux. Le brigadier 13 entre dans le magasin. Il interroge Albert, puis se rend dans la chambre froide. Quelques instants plus tard, il ressort de la boucherie.

Qu'est devenue Ralette, d'après Lili ?
BOUCHERIE
CHEZ ALBERT
17
120F le kilo
18
SAUCISSES FRAICHES 45 F le kilo
19
42F le kilo
EST-CE QUE LES RATS ONT PEUR DE MOI ?
20 OUI
21 NON

– Allez jouer, bande de fous ! ordonne le brigadier. Albert est un brave homme. Votre Ralette n’est pas là.
Mais Raldo et Lili ne l’écoutent pas. Ils regardent un gros plat de saucisses toutes fraîches dans la vitrine.
– C’est sûrement elle ! sanglote Lili.

14

– Des saucisses de Ralette ! Quelle horreur ! crie Raldo.
Les rats ont peur. Ils se mettent à pleurer. La fouine en profite pour annoncer :
– J’ai des mouchoirs d’occasion à vendre. Ils sont presque tout neufs. Qui en veut ?

As-tu deviné qui descend du car, dans l'histoire ?

Les rats hurlent maintenant. Ils s'imaginent dans la vitrine d'Albert, transformés en saucisses.

La fouine est en train de vendre son dernier mouchoir lorsque le car s'arrête sur la place. Tout le monde se retourne pour ne pas manquer ce moment important de la vie du village. Et devinez qui descend du car, une valise à la main ?

– Tenez, la voilà, votre saucisse ! crie Albert.

Que fait Ralette, en arrivant au village ?

La saucisse, c'est Ralette. Elle porte un kimono fermé par une grosse ceinture noire. 16

– Tu es ceinture noire de quoi ? demande Raldo. 17

– De karaté, gros bêta, explique Ralette. Je viens de faire un stage chez le champion du monde. Tiens, regarde…

En moins de trois secondes, Raldo est par terre, à demi assommé.

Puis Ralette se retourne vers le chauffeur du car et lui fait une prise :

– Ça vous apprendra à secouer vos passagers dans les virages !

Quel dessin montre la fin de l'histoire ?

En voyant le chauffeur du car atterrir dans la fontaine, les rats se sauvent et dévalent la rue de la Mairie. Tout éclopé, 18
Raldo marche en se tenant le bas du dos. Comme il passe devant la boucherie, il s'arrête et demande à Albert :

– Vous ne pourriez pas enfermer Ralette dans votre chambre froide et en faire du boudin ?

Le boucher éclate de rire :

– Vous l'avez voulue, votre Ralette. Eh bien, gardez-la !

1

un **comptoir**

2

elle est **essoufflée**
Elle respire fort et vite parce qu'elle a couru.

3

la **gymnastique**
(on prononce : *jim-nas-tik*)

4

des **haltères**

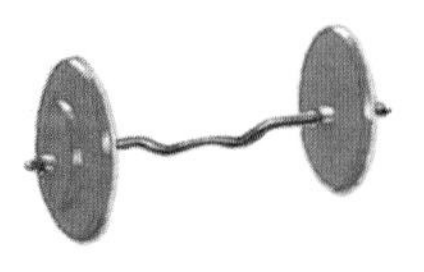

5

bouche bée
Il reste la bouche ouverte parce qu'il est très étonné.

6

un **ogre**
Personnage méchant des contes de fées. Il mange les gens, surtout les enfants.

7

un **bifteck**
(on prononce :
bif-tèk)

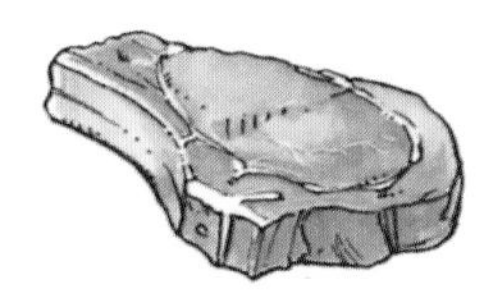

8

le **vacarme**
C'est un grand bruit.

9

le **seuil**
C'est l'entrée,
l'endroit où on
marche pour entrer.

10

le **brigadier**
C'est le chef des
gendarmes.

11

un **morceau**
(on prononce :
mor-so)

12

il **fronce les sourcils**

13

soupçonneux
Les gendarmes ont le regard **soupçonneux** parce qu'ils pensent que le boucher est peut-être coupable.

14

elle **sanglote**
Elle pleure très fort.

15

Ils **s'imaginent** dans la vitrine
Les rats pensent qu'ils pourraient être dans la vitrine.

16

un **kimono**

17

une **ceinture**
(on prononce : *sin-tur*)

18

éclopé
Il marche en boitant.

Les aventures du rat vert

- 1 Le robot de Ratus
- 3 Les champignons de Ratus
- 6 Ratus raconte ses vacances
- 8 Ratus et la télévision
- 15 Ratus se déguise
- 19 Les mensonges de Ratus
- 21 Ratus écrit un livre
- 23 L'anniversaire de Ratus
- 26 Ratus à l'école du cirque
- 29 Ratus et le sapin-cactus
- 36 Ratus et le poisson-fou
- 1 Ratus chez le coiffeur
- 2 Ratus et les lapins
- 9 Ratus aux sports d'hiver
- 13 Ratus pique-nique
- 23 Ratus sur la route des vacances
- 27 La grosse bêtise de Ratus
- 38 Ratus chez les robots
- 8 La classe de Ratus en voyage
- 12 Ratus en Afrique
- 16 Ratus et l'étrange maîtresse
- 26 Ratus à l'hôpital
- 29 Ratus et la petite princesse
- 31 Ratus et le sorcier
- 33 Ratus gardien de zoo

Les aventures de Mamie Ratus

- 7 Le cadeau de Mamie Ratus
- 3 Les parapluies de Mamie Ratus
- 8 La visite de Mamie Ratus
- 31 Le secret de Mamie Ratus
- 5 Les fantômes de Mamie Ratus

Ralette, drôle de chipie

- 10 Ralette au feu d'artifice
- 11 Ralette fait des crêpes
- 13 Ralette fait du camping
- 18 Ralette fait du judo
- 22 La cachette de Ralette
- 24 Une surprise pour Ralette
- 28 Le poney de Ralette
- 38 Ralette, reine du carnaval
- 4 Ralette n'a peur de rien
- 6 Mais où est Ralette ?
- 20 Ralette et les tableaux rigolos
- 11 Ralette au bord de la mer
- 34 Ralette et l'os de dinosaure

Les histoires de toujours

- 27 Icare, l'homme-oiseau
- 32 Les aventures du chat botté
- 35 Les moutons de Panurge
- 37 Le malin petit tailleur
- 26 Le cheval de Troie
- 32 Arthur et l'enchanteur Merlin
- 36 Gargantua et les cloches de Notre-Dame
- 21 L'extraordinaire voyage d'Ulysse
- 27 Robin des Bois, prince de la forêt
- 36 Les douze travaux d'Hercule

Super-Mamie et la forêt interdite

- 39 Super-Mamie, maîtresse magique
- 37 Le mariage de Super-Mamie

L'école de Mme Bégonia

- 11 Drôle de maîtresse
- 14 Au secours, le maître est fou !
- 16 Le tableau magique
- 25 Un voleur à l'école
- 33 Un chien à l'école

La classe de 6^{e}

- 14 La classe de 6e et les hommes préhistoriques
- 17 La classe de 6e tourne un film
- 24 La classe de 6e au Futuroscope
- 30 La classe de 6e découvre l'Europe
- 35 La classe de 6e et les extraterrestres

Achille, le robot de l'espace

- 31 Les monstres de l'espace
- 33 Attaque dans l'espace
- 34 Les pirates de l'espace
- 19 Les pièges de la cité fantôme

Collection Ratus Poche

Baptiste et Clara

- 30 Baptiste et le requin
- 35 Baptiste et Clara contre le vampire
- 37 Baptiste et Clara contre le fantôme
- 40 Clara et la robe de ses rêves
- 22 Baptiste et Clara contre l'homme masqué
- 32 Baptiste et le complot du cimetière

Les enquêtes de Mistouflette

- 9 Mistouflette et le trésor du tilleul
- 30 Mistouflette sauve les poissons
- 34 Mistouflette contre les chasseurs
- 5 Mistouflette et les tourterelles en danger
- 24 Mistouflette enquête au pays des oliviers
- 1 Mistouflette contre les voleurs de chiens
- 7 Mistouflette et la plante mystérieuse

Hors séries

- 2 Tico fait du vélo
- 4 Tico aime les flaques d'eau
- 5 Sino et Fanfan au cinéma
- 12 Le bonhomme qui souffle le vent
- 7 Mon copain le monstre
- 19 Le petit dragon qui toussait
- 28 Nina et le vampire
- 2 Les malheurs d'un pâtissier
- 3 Karim et l'oiseau blanc
- 4 Timothée et le dragon chinois
- 6 Le facteur tête en l'air
- 9 Romain, graine de champion
- 10 Le trésor des trois marchands
- 15 Une nuit avec les dinosaures

Conception graphique couverture : Pouty Design
Conception graphique intérieur : Jean Yves Grall • mise en page : Atelier JMH

Imprimé en France par Pollina, 84 500 Luçon - n° 88743
Dépôt légal n° 30494 - Janvier 2003